QUELQUES VÉRITÉS NOUVELLES

SUR

LE PROCÈS LAFARGE,

AVEC UN *FAC-SIMILE* DE BAYEN;

Par un pauvre Villageois.

TOULOUSE,

IMPRIMERIE DE JEAN-MATTHIEU DOULADOURE,

RUE SAINT-ROME, N.º 41.

NOVEMBRE 1847.

If $\frac{17}{87}$

QUELQUES VÉRITÉS NOUVELLES

SUR

LE PROCÈS LAFARGE,

AVEC UN *FAC-SIMILE* DE BAYEN;

Par un pauvre Villageois.

———⊶◦⊷———

TOULOUSE,

IMPRIMERIE DE JEAN-MATTHIEU DOULADOURE,

RUE SAINT-ROME, N.º 41.

—

NOVEMBRE 1847.

A L'INSTITUT

ET

A L'ACADÉMIE ROYALE DE MÉDECINE

DE PARIS.

A M. ORFILA.

Pour moi, je prends toujours pour faux ce qui n'est que vraisemblable.

(DESCARTES.)

La *physique* est aujourd'hui devenue une princesse si impertinemment litigieuse, qu'il vaudrait autant être engagé dans des poursuites judiciaires que d'avoir affaire avec elle.

(NEWTON.)

Quand un Prince veut se faire aimer de ses sujets, il n'est rien qu'il ne tente pour faire régner partout la justice.

.... Sæva tene cum Berecynthio
Cornu tympana, quæ subsequitur cæcus Amor sui,
Et tollens vacuum plus nimio Gloria verticem,
Arcanique Fides prodiga, perlucidior vitro.

(HORACE.)

Hados y lados hacen dichosos, ó desdichados.

Un malheureux est une chose sacrée.
(MARTIAL.)

14 octobre 1847.

Ancien médecin de la famille de Marie Cappelle,
je crois remplir un devoir sacré en soumettant à
l'appréciation de l'opinion publique la conduite oppo-
sée de M. Orfila dans l'affaire Lafarge et dans celle
du Duc de Praslin.

Des documents m'étant tombés sous la main, et
sachant qu'ils n'ont eu aucune solution, je les ajoute
à mes observations, afin que par la publicité on puisse
juger et se faire une conviction fondée sur la vérité.
Le temps nous manque pour combattre une à une les
erreurs dans lesquelles s'est fourvoyé le principal
expert dont nous attaquons les conclusions dans l'affaire
de Tulle, et contre lesquelles nous protestons aujour-
d'hui de toutes les forces de notre âme.

N'oublions pas que le docteur Lespinasse fit administrer à M. Lafarge, vingt-quatre heures avant sa mort, 270 grammes (9 onces) de colcothar provenant de la décomposition, par le feu, du proto-sulfate de fer du commerce (couperose verte); que le tube digestif, qui aurait dû être mis *hors de cause* par M. Orfila, en était encombré vers les intestins qui furent confondus avec le mésentère, une partie du foie, une moitié du cœur et une petite quantité de matière cérébrale soumis à l'ébullition dans une même capsule. D'où M. Orfila a conclu, en obtenant quelques taches métalliques ou arsenicales, qu'il y avait de l'arsenic *dans tous ces viscères*, moins le cerveau cependant, puisqu'il ne l'a pas désigné dans son rapport écrit.

A cette époque, M. Orfila ignorait, sans aucun doute, la composition du proto-sulfate de fer du commerce ; mais les belles et récentes expériences de M. Walkner sur les composés de fer doivent l'avoir éclairé aujourd'hui à cet égard.

Cette quantité énorme de colcothar ingérée n'agissant pas sur la membrane muqueuse gastro-intestinale, comme pourrait le faire un looch ou un julep pectoral, M. Orfila a-t-il tenu compte des effets de cette substance sur des organes malades ?

Nous nous bornons ici à de très-courtes observations, sans oublier cependant que M. Orfila, qui sait mieux que personne que nul expert ne peut s'affranchir des devoirs de médecin-légiste recommandés par Mahon et Marc, n'a pas cru pousser ses expériences, devant le tribunal de Tulle, jusqu'à obtenir l'*anneau arsenical* dont il ne dit pas un mot dans son rapport sur l'affaire Lafarge, et qui est cependant si *vivement* prescrit par lui dès l'année 1839 , c'est-à-dire, deux ans et demi avant l'Institut, comme il le dit lui-même (tom. xxix du Dict. de Médecine, 2.ᵉ édit., page 715).

Pour prévenir des abus qui peuvent se glisser dans la médecine légale, où des bévues peuvent compromettre les intérêts les plus sacrés de la société, nous invoquons les lumières de l'élite de la science, à laquelle nous nous adressons préférablement, et nous la conjurons de vouloir bien émettre son avis. On concevra que dans des questions purement scientifiques nous fassions aux savants de tous les pays un appel qui sera entendu : c'est dans cet espoir que nous publions ces documents.

Les personnes qui désireront des détails sur les circonstances morales de l'affaire du Glandier, n'auront qu'à consulter le Procès Lafarge , publié chez Pagnerre , rue de Seine , 14 *bis*. De plus , le Procès Lafarge , examiné d'après la législation criminelle de Prusse , par Temme et Noermer , conseillers à la Cour criminelle de Berlin , traduit sur la 2.e édit. , Paris , Renouard (10 , rue Voltaire , librairie d'Adolphe Delahays , 30 c.). Et si l'on veut pénétrer dans le sanctuaire de la science, on aura chez le même libraire , pour 10 c., *Orfila*, *rapport sur les moyens de constater la présence de l'arsenic dans les empoisonnements par ce toxique , au nom de l'Académie royale de Médecine.* Voir surtout le beau Mémoire de notre savant confrère, le docteur Raspail, octobre 1840 , sur les moyens de nullité que présente l'expertise chimique dans l'affaire Lafarge , et le compte rendu des séances de l'Académie royale de Médecine , dans le cours de l'année 1841.

Nous terminons par ces belles et puissantes paroles de Marc :

« L'expert examinera mûrement s'il doit émettre
» des conclusions positives , dubitatives , ou s'il doit
» même déclarer que les faits ne l'ont pas assez éclairé
» pour qu'il puisse énoncer une opinion quelconque.
» Faire dans ce cas le sacrifice de l'amour-propre ,

» c'est conserver l'estime de soi-même et le repos de
» sa conscience. Il ne doit pas, par une faiblesse con-
» damnable, compromettre les intérêts de la société,
» il ne doit pas non plus chercher à plaire au pou-
» voir par une rigueur inutile ou injuste. » (Dict. de
Méd., 2.ᵉ édit., tom. xxvii, pag. 231.)

Enfin, nous rappelons ces humbles et nobles paroles de M. de Châteaubriand :

« On ne peut me faire plus de plaisir que de m'a-
» vertir quand je me suis trompé : on a toujours plus
» de lumière et plus de savoir que moi. » (Vie de
Rancé, avertissement de la seconde édition.)

LETTRE

DE M. MANCEAU A M. ORFILA.

Chalabre (Aude), 17 septembre 1847.

Vous dites, Monsieur, dans votre rapport sur vos recherches de l'arsenic dans le cadavre du Duc de Praslin :

« Après nous être assurés, *tous les experts réunis,*
» de la pureté des réactifs, *dont la plupart se sont*
» trouvés purs, nous avons procédé ainsi qu'il suit. »

La plupart signifie que quelques-uns des réactifs étaient impurs. Si cela arrive quelquefois à Paris, pourquoi avoir négligé une opération de cette importance sur le nitrate de potasse dont vous vous êtes servi à Tulle, et que vous aviez apporté de Paris ? Pourquoi n'avoir pas du moins gardé le restant de votre nitrate de potasse pour l'analyser après coup en présence de MM. Dubois et Dupuytren, qui *avaient manifesté* des doutes sur la pureté de ce réactif qui leur était inconnu ?

Dans l'audience du 14 septembre 1840 de la Cour d'assises de Tulle, vous avez dit :

« Toutes nos expériences ont été faites avec les

» réactifs dont s'étaient servis MM. les experts, qui
» avaient déjà opéré dans l'espèce, à l'exception
» toutefois d'une certaine quantité de nitrate de po-
» tasse *que nous avons apporté de Paris,* et dont
» ces Messieurs n'avaient pas cru devoir se servir. »

Vers cette époque, Monsieur, veuillez vous rap-
peler *que vous aviez découvert* l'arsenic normal*, que
d'autres savants ont cherché en vain par des milliers
d'expériences! Peu de temps après le procès Lafarge,
vous avez renoncé à cette prétendue découverte!

Pourquoi, Monsieur, ne trouvez-vous plus d'arsenic normal aujourd'hui? Pourquoi?..........

Daignez agréer, Monsieur, etc.

MANCEAU, D. M. P. (de l'Aisne),

Membre correspondant de la Société médico-chirurgicale
de Cadix, ex-Aide-major au 18.ᵉ léger.

* Je dirai *de suite* à M. Orfila qu'il *retrouvera* son arsenic
normal sur le plateau de Madrid, d'après les belles recherches
de Luzuriaga, de la *calle san Geronimo en Madrid.*

Maintenant, M. Orfila s'est-il occupé de l'analyse *quantitative*
de l'apatite cristallisée (phosphate de chaux) de Chanteloube
près Limoges, et de l'apatite lithoïde et terreuse de Logresso,
près de Truxillo dans l'Estramadure : quels sont les *arséniates*
qu'il y a *découverts?*

A quelle époque M. Orfila a-t-il cru *pendant trois mois* que
le nitrate de potasse était arsenical?

LETTRE

DE Mme LAFARGE A M. ORFILA.

MONSIEUR,

Le compte rendu de la séance de l'Académie royale de Médecine, du 20 juillet 1841, me tombe sous les mains. Je remercie Dieu de cette énergique protestation qu'il vous a inspirée, contre le *sens absolu* donné à vos paroles devant le tribunal de Tulle, et je vous remercie vous-même, Monsieur, de cet appel que vous semblez faire aux juges et à l'accusée, en leur signalant les documents qui vous avaient manqué pour trancher une question restée irrésolue..... Irrésolue ! et cependant devenue la base d'un verdict d'infamie à perpétuité.....

Monsieur, votre parole ne restera pas stérile. Si ma conscience m'impose le devoir de rechercher la vérité, mon innocence me donne le droit d'invoquer votre justice ; mon respect pour votre profond savoir me donne le courage de vous demander protection.

2

Me voici, Monsieur, faible, désolée, mourante, ne voulant pas vous exposer les titres que j'aurais à votre pitié, mais venant vous confier tous ceux qui recommandent ma cause à votre sollicitude.

Mes juges vous ont demandé « *s'il y avait du poison* ».
Vous leur avez répondu.

Moi, je vous demande, *s'il y a eu empoisonnement*, et vous me répondrez, j'en suis sûre, parce que pouvant me confondre si je suis coupable, ou me sauver si je souffre injustement, vous ne reculerez pas devant le devoir que la société vous impose, ou devant celui que l'humanité vous prescrit.

Monsieur, je ne me fais pas illusion sur les conséquences de ma démarche. Je sais que vous pouvez me croire coupable ; je sais qu'en se servant de mon procès pour ranimer une opposition éteinte, et préparer peut-être une opposition à venir, on vous a placé vis-à-vis de mon malheur dans une voie où l'impartialité devient bien difficile. Je sais que vos arrêts sont si puissants, que vous êtes forcé de protester vous-même contre la valeur qu'on leur donne. Je le sais : mais je sais aussi que vous êtes assez grand pour rester inaccessible à la haine, et trop ami de la vérité pour la taire quand elle vous apparaît.

Enfin, c'est parce que vous avez trouvé *l'effet*, que je vous demande de chercher la *cause*; c'est parce que je crois en votre savoir, que je me confie, que j'espère en lui.

Permettez-moi, Monsieur, de vous expliquer ma position.

J'ai souffert six ans sans me plaindre; je n'ai pas voulu que ma défense s'adressât aux passions qui spéculent sur le scandale. Je la livre aujourd'hui aux hommes graves et réfléchis qui acceptent avec bonheur tout ce qui peut conduire à la vérité. J'avais craint les sympathies aveugles et les haines ardentes. J'ai voulu attendre le moment où j'aurais peut-être le droit de demander grâce, pour demander au contraire un examen plus approfondi des charges de mon procès.

Dans ce but, tous les membres de ma famille qui résident dans le Midi, et dont l'affection pieuse a voulu honorer mon innocence et *m'adopter,* du jour même où le monde entier m'abandonnait, des amis dévoués, des hommes sérieux, avaient rassemblé les éléments les plus propres à éclairer les consciences, et à dissiper les préventions.

Mon tuteur allait s'adresser à M. le Ministre de la justice pour obtenir l'autorisation d'envoyer à M. de

Berzélius les taches * obtenues sur les capsules par l'appareil de Marsh, afin qu'il pût apprécier la quantité de poison, et en rechercher ensuite la cause, lorsque, voulant consulter l'ouvrage de MM. Flandin et Danger, j'ai lu, Monsieur, votre improvisation dans la séance de l'Académie royale de médecine du 20 janvier 1841. Vos franches explications ont été pour moi un trait de lumière. Il m'a paru impossible qu'après avoir si longtemps étudié les symptômes des empoisonnements par l'acide arsénieux, vous ne puissiez pas arriver à une certitude absolue, en étudiant le diagnostic de la maladie de M. Lafarge. J'ai pensé qu'ayant provoqué un grand nombre d'empoisonnements factices sur des animaux, vous deviez savoir distinguer les effets de l'arsenic, administré soit à doses curatives, soit dans des proportions graduées, mais ayant un but coupable, soit dans des proportions effrayantes et continues. J'ai pensé qu'en ouvrant, par exemple, un pauvre chien soumis à un empoisonnement sans

---

* Dans l'espèce, il fallait recueillir des taches sur du mica de Sibérie, attaquer ces taches par les réactifs connus, puis les exposer au foyer d'un microscope solaire ou d'un microscope composé pour reconnaître la forme de cristallisation d'arséniate d'argent au moyen d'un test-objet de comparaison.

X.

cesse répété, on pourrait voir les effets de l'acide arsénieux sur les tissus de la gorge et du larynx, et en
constater les ravages dans l'estomac, les intestins, etc.
J'ai pensé qu'on pourrait s'assurer des organes les plus
propres à retenir le poison. J'ai compris qu'en opposant
ces expériences aux dépositions des témoins et des
médecins consultants, au procès-verbal de l'autopsie
et au résultat de vos opérations, une intelligence
comme la vôtre arriverait nécessairement à la vérité.
J'ai compris que c'était VERS CELUI AU NOM DUQUEL ON
M'AVAIT TUÉE, que je devais d'abord élever ma voix.
J'ai compris enfin, Monsieur, que dans une question
de mort ou de vie, votre savoir qui atteint les limites
du possible pourrait faire un miracle et me ressusciter.

Dans l'esprit de nos lois, un procès en révision ren-
contrerait d'innombrables obstacles. L'intérêt indivi-
duel doit quelquefois être sacrifié à l'intérêt des ins-
titutions qui servent de sauvegarde à la société.

Un mot de vous, Monsieur, deviendrait une réha-
bilitation tout entière; mais ce mot, je ne le demande,
je ne l'accepterai que comme le résultat de votre conviction.

Soyez juste, Monsieur; soyez bon sans faiblesse.
Quelques-unes de vos heures peuvent me rendre quel-

ques années de vie ; ne me refusez pas ces heures.
Un examen plus sérieux, plus complet, de mon procès
peut me rendre l'honneur. Je vous le demande en
grâce, ne me refusez pas cet examen.

S'il est démontré que M. Lafarge n'est pas mort empoisonné, j'oublierai les traînées d'arsenic si habilement
semées pour me perdre ; j'oublierai les masses de
poison placées à *effet* dans tous les verres pour me dénoncer ; j'oublierai tout, parce que j'ai tout pardonné.

Mais si M. Lafarge, au contraire, a succombé à une
mort violente, moi, qui me sais innocente, j'ai le droit
de chercher le coupable, et, avec la grâce de Dieu, je
le trouverai.

Pardonnez-moi, Monsieur, de ne pas insister sur
un ordre de faits étrangers à la question de médecine
légale. A part l'importance que peuvent avoir des
explications pour diriger de nouvelles recherches,
elles pourraient vous convaincre du rôle suprême qui
avait été concédé à la science dans mon procès. Les
preuves morales, insuffisantes pour me faire condam-
ner, auraient dû ne pas l'être pour m'assurer un
acquittement honorable. J'ai voulu vous convaincre
que *vos paroles seules m'avaient tuée ,* et vous prou-

ver, Monsieur, que vos recherches actuelles auraient *seules* la puissance de me ressusciter.

Monsieur, arrivé à Tulle après les débats, n'ayant assisté à aucun des interrogatoires, à aucune des dépositions, ne sachant rien des symptômes de la maladie, rien du procès-verbal d'autopsie; n'étant chargé par la Cour que de vérifier le résultat négatif des expertises précédentes, vous avez trouvé l'atome de poison échappé à d'autres yeux, et vous l'avez signalé *. Puis, voyant le silence des juges, des avocats, de l'accusée, accepter, pour ainsi dire, vos conclusions sans appel, n'étant malheureusement interpellé ni par les jurés, ni par la défense, vous avez pu penser que *l'effet répondait à la cause*, et la quantité de poison retrouvée, à la quantité de poison ingérée. Vous avez pu croire le sens de vos conclusions décisif, inattaquable, en voyant qu'elles n'étaient contredites ni par les juges, ni par mes défenseurs **.

---

* Tandis que M. Orfila fait à Tulle tous ses efforts pour prouver la difficulté de manier l'appareil de Marsh, M. Caventou avoue ingénument, un peu plus tard, qu'il n'y a pas de village où on ne puisse s'en servir. *Et nunc intelligite.* (Voir le Compte rendu des Séances de l'Académie royale de Médecine, année 1841.) X.

** On ne peut être empoisonné que de deux manières, ou à

Cependant, Monsieur, il n'en était rien. Seulement vous n'aviez pas été compris ; seulement on avait négligé de vous donner les moyens d'arriver à des résultats précis et complets.

Devant une Cour d'assises, le rôle de l'expert est vraiment un rôle suprême. Les jurés et les magistrats eux-mêmes étant dépourvus des connaissances spéciales nécessaires pour éclaircir, au point de vue médical, les parties douteuses de la cause, doivent laisser à ceux qui réunissent le sens scientifique au sens moral, le soin de faire servir les divers incidents des débats, comme de jalons destinés à conduire à la vérité.*

forte dose, ou à faible dose plus ou moins de fois répétée. Pourquoi M. Orfila ne s'est-il pas expliqué devant la Cour d'assises de la Corrèze ? Il a donc un doute dans son esprit.

X.

*Ce n'est pas la première circonstance solennelle dans laquelle l'appareil de Marsh aurait donné des indications fausses. Le 2 avril 1835, M. Orfila lut à l'Académie de médecine un travail résultant de près de deux cents expériences, pour démontrer que le bouillon pris dans les divers restaurants de Paris était *arsenical*. Ce fait parut si étrange aux divers chimistes et médecins présents à la séance, qu'ils voulurent s'assurer de la pureté des réactifs dont M. Orfila avait fait usage.

Il a été reconnu que l'arsenic que M. Orfila avait attribué aux bouillons, ne provenait que de l'arsenic de l'acide sulfurique du

Ainsi les jurés ne peuvent apprécier les différents modes d'action d'un médicament; ils ne peuvent connaître les propriétés salubres de telle dose et l'effet mortel de telle autre. Ils ne peuvent déterminer les rapports qui doivent exister entre tels symptômes de la maladie et telles altérations de tissus, entre telle quantité de poison administrée et telle quantité de poison retrouvée. Pour les jurés, il n'y a rien d'extraordinaire à ce que le foie n'offre pas de signes appréciables d'arsenic, tandis que d'autres organes moins susceptibles de l'absorber en présentent. Pour eux l'arsenic est toujours un poison mortel; ils ne se doutent pas qu'il peut entrer dans la composition bienfaisante d'un médicament. — Ils ne s'informent pas du tempérament, des maladies antérieures de celui qu'on leur désigne comme une victime. Ils ne peuvent pas savoir si les traces obtenues par les expériences de la chimie *révèlent* un crime ou simplement *dénoncent* un traitement secret. Pour les jurés, il n'y a pas de minérai susceptible de renfermer des parties arsenicales. Pour les jurés comme pour les hommes du monde, *neuf onces de colcothar*, peuvent passer

commerce dont il s'était servi pour alimenter l'appareil de Marsh (Devergie, Médecine légale, tome III, page 449).

X..

pour un contre-poison; et tandis qu'il y a pour l'expert dans chacun de ces faits un grave sujet de doute, un puissant motif d'hésitation, ils n'ont aucune importance pour des esprits étrangers à la science; que dis-je! ces mêmes faits qui empêchent le chimiste de conclure, hâtent la conclusion des jurés qui ne comprennent pas plus qu'il puisse y avoir de l'arsenic sans empoisonnement que de la fumée sans feu.

Je ne puis me consoler, Monsieur, que vous n'ayez pas suivi les débats de mon procès; car en les suivant, vous vous seriez sur-le-champ préoccupé de la disproportion énorme qui existait entre les masses d'arsenic retrouvées dans les tisanes, et les nuages d'arsenic rétrouvés dans le corps; entre 96 grammes de poison soi-disant administrés, et les quelques apparences impondérables infiltrées dans les parties les plus délicates de l'organisme.

Vous auriez voulu savoir si on n'avait donné qu'une seule partie de ce poison, et on vous eût répondu qu'au contraire 35 grammes devaient avoir été administrés, par l'excellente raison qu'on ne pouvait logiquement présumer une femme assez imprudente pour éveiller l'attention de ses ennemis par un troisième achat de poison, alors qu'elle en avait encore en son pouvoir.

Vous auriez demandé quelle avait été la quantité d'arsenic retrouvée dans les boissons analysées, et le pharmacien d'Uzerches eût été là pour vous dire qu'un seul lait de poule contenait un résidu d'arsenic *capable de tuer cinquante personnes.*

Frappé de ces révélations, ne vous eût-il pas semblé, Monsieur, que je devais être nécessairement *imbécille ou folle*, et votre étonnement n'eût-il pas augmenté en apprenant que j'avais la réputation d'être la femme *la plus rusée, la plus fausse, la plus habilement dissimulée.* Je le sais, Monsieur, Dieu permet souvent que les esprits les plus astucieux, les plus pénétrants se trahissent par un mot, par une imprudence, par un oubli; mais ici, à moins d'être *stupide ou insensée*, il fallait que j'eusse la volonté de faire le mal dans le seul but et le seul intérêt de me nuire et de me dénoncer moi-même... ! !

Vous ne le pensez pas, Monsieur, et dès lors vous voudrez étudier les symptômes de la maladie et sa marche, les recherches de l'autopsie et ses résultats, tout ce qui peut enfin vous faire reconnaître si un crime n'a pas été soupçonné injustement ou *calomnieusement simulé.*

Rien dans la maladie ne s'écarte d'une affection

vive mais naturelle. La marche en est graduée. Quoique le poison soit donné, dit-on, à doses énormes, il n'y a pas de crises anormales. Le médecin qui lui-même m'avait fait avoir de l'arsenic pour détruire les rats (ce qui devait le mettre en garde contre le moindre diagnostic se rapportant à un empoisonnement), le médecin ne voit rien pendant les dix jours de la maladie qui ne soit un effet des accès nerveux habituels à M. Lafarge, d'une angine d'abord, puis d'une affection inflammatoire.

Le 8.me ou le 9.me jour de la maladie, M. le docteur Massénat, appelé en consultation, n'aperçoit rien qui puisse motiver des soupçons, et il attribue les vomissements à des mouvements spasmodiques de l'estomac. Enfin, la veille de la mort, quand l'agonie est déjà commencée, M. Lespinasse, qui arrive avec la pensée d'un empoisonnement suggérée par Denis, et sous l'influence de cette calomnieuse prévention, ne peut cependant citer que quelques signes pouvant rigoureusement se rapporter aux symptômes de l'empoisonnement par l'acide arsénieux, tels que vous les décrivez, Monsieur, dans vos ouvrages.

Il y a plus : parmi ces diagnostics, quelques-uns sont tout-à-fait en contradiction avec les vôtres. Ainsi,

M. Bardou trouve le pouls calme; et vous, Monsieur, vous l'indiquez comme généralement *petit*, fréquent, irrégulier. M. Lespinasse constate de la souplesse et peu de sensibilité à la pression de l'épigastre et de l'abdomen; et vous remarquez au contraire sur le plus grand nombre des sujets de vives douleurs au creux de l'estomac, au point que le malade ne peut supporter les boissons les plus douces. M. Lespinasse signale les extrémités froides; vous, Monsieur, presque toujours une chaleur brûlante. M. Lespinasse parle d'une circulation à peine sensible; vous indiquez, dans la plupart des cas, des palpitations de cœur. Vous avez vu très-souvent les matières vomies, brunes, sanguinolentes; les matières recueillies au Glandier étaient limpides, et l'analyse a prouvé qu'elles ne recélaient pas de poison.

Dans les procès d'empoisonnement, on remarque souvent l'absence du médecin auprès du malade. M. Lafarge a été soigné par celui qu'il avait l'habitude de faire appeler et qui était son ami intime, M. Bardou, qui, venu le second jour de la maladie, avait même été précédé par le docteur Pleignat.

Les visites se sont succédé sans interruption. Quand la maladie a paru prendre un aspect sérieux, l'un des meilleurs praticiens de Brives a été mandé. Enfin, M. Lespinasse *, le seul médecin étranger à M. Lafarge, n'a pas été appelé par moi.

Monsieur, je ne suis qu'une femme ignorante et faible ; mais, depuis six ans enfermée dans une tombe sans pouvoir respirer l'air libre, sans pouvoir sentir un rayon de soleil se poser sur mon front, j'ai dû cruellement comprendre qu'il ne suffisait pas d'être innocente, *qu'il fallait surtout prouver comment on l'était*. J'ai étudié vos ouvrages de médecine et de toxicologie légale; j'ai étudié tout ce qui se rapportait directement ou indirectement à mon procès. J'en suis venue enfin, non pas à résoudre les questions qui se rattachent à ma cause, mais du moins à me les poser.

Les voici, Monsieur. Permettez que je vous les

---

* Il est généralement reconnu, en médecine légale, que l'empoisonnement arsenical ne saurait être dévoilé par des symptômes caractéristiques, et qu'il n'est permis d'en affirmer l'existence qu'après avoir trouvé des traces du poison dans les matières vomies, dans les déjections, etc. Que penser dès lors de M. Lespinasse, qui n'a pas craint de s'étayer sur quelques symptômes pour conclure à l'empoisonnement de M. Lafarge ?

X.

soumette, et accordez-moi la justice d'y répondre après un sérieux examen.

L'arsenic pris à grandes doses produit-il les mêmes symptômes qu'administré en petites quantités? Je ne le crois pas; le croyez-vous?

On prétend que M. Lafarge avait été déjà empoisonné à Paris, vers la mi-décembre, par l'envoi des gâteaux. Il est arrivé malade au Glandier. Dès le premier jour, dès la première heure de son retour, je l'aurais, dit-on, abreuvé de poison. Est-il possible qu'après neuf jours de maladie ou d'empoisonnement, comme on voudrait le faire croire, un praticien aussi distingué que M. Massénat, ait pu se méprendre sur les symptômes de la maladie, et ne pas y reconnaître un seul signe suspect ou anormal?

Est-il possible que l'arsenic administré à doses énormes et sans cesse répétées, ne produise aucune lésion intérieure après neuf jours?

L'absence totale de selles et presque totale d'urines, remarquée dans le cours de la maladie de M. Lafarge, ne rendrait-elle pas d'autant plus extraordinaire et inexplicable le peu de rapport qui existe entre la grande quantité de poison soi-disant ingérée, et la quantité de poison retrouvée?

L'absence de sueurs n'aurait-elle pas dû aider à l'absorption du poison?

S'il vous en souvient, Monsieur, la seule assiette contenant une apparence un peu miroitante d'arsenic provenait de l'incinération des parties non dissoutes du thorax, de l'abdomen, du foie, d'une portion du cœur, d'une certaine partie du canal intestinal et d'une portion du cerveau. Ne pourrait-on pas expliquer dès lors l'apparition du poison dans la seule analyse de ces parties, par la grande quantité de colcothar administré au malade quelques heures avant sa mort?

Le colcothar n'est-il pas quelquefois arsenical *? s'il est arsenical, ne peut-il pas communiquer quelques atomes d'arsenic au cadavre dans lequel il resterait neuf mois?

Les minerais limousins contenant quelquefois de

---

* Le colcothar peut contenir du cuivre, du zinc, du manganèse, de l'étain, du plomb, du cobalt arsenical dans des proportions aussi variables que dans les panabases. Le colcothar en question a-t-il été analysé par M. Orfila? On sait que ce colcothar avait été préparé avec le proto-sulfate de fer du commerce!

X.

l'arsenic, ne pourrait-on pas soumettre à l'appareil de Marsh un peu de ces minerais qui servent à alimenter les forges du Glandier? Ne pourrait-on pas analyser quelques morceaux des vêtements de travail des forgerons, et quelques chairs des animaux nourris dans le pays?

D'après la Gazette des hôpitaux du 10 janvier 1846, les scories et les suies des houilles recèlent en général de l'arsenic, à l'évaluation moyenne de 4 milligrammes par kilogramme. Ne serait-il pas possible que les taches par vous obtenues, Monsieur, provinssent de la fumée et des parcelles de suie qui se fixent à la peau des personnes qui fréquentent les forges et les hauts fourneaux * ?

Ces taches ne pourraient-elles pas aussi résulter de l'usage de l'arsenic dans quelques maladies particulières? Le temps de l'élimination de cette substance dans le corps humain est-il fixé par la science?

---

* Toutes ces précautions paraîtraient des subtilités si on ne savait pas que l'appareil de Marsh peut signaler jusqu'à *un, deux millionièmes* de grain d'arsenic ; ce qui a fait dire à M. Orfila que *désormais le crime n'aura pas de refuge!!* Je pourrais ajouter : et *l'innocent sera confondu avec le coupable.*

X.

3

Enfin, Monsieur, c'est à peine si j'ose vous parler des résultats de l'autopsie, tant ils ont paru insignifiants, et tant je crains d'abuser de votre attention.

Je ne sais si on vous l'a dit, le procès-verbal d'autopsie ne put même servir de base aux premiers soupçons. Il fallut attendre les premières opérations chimiques pour motiver le mandat d'amener lancé contre moi. La bouche, l'œsophage et le larynx ne présentaient aucune lésion, quoique dans votre ouvrage de Toxicologie générale il soit dit : « que lors- » que l'acide arsénieux est introduit dans la bouche » à assez fortes doses pour déterminer la mort, on » trouve la bouche et l'œsophage phlogosés. » Or, vous le savez, Monsieur, ce serait à doses continues et *capables de tuer trente personnes* que M. Lafarge aurait été empoisonné.

Dans les cas d'empoisonnement, les toxicologistes prétendent que le cerveau et ses membranes sont fortement remplis de sang veineux très-noir, et les experts du Glandier ont consigné dans leur procès-verbal : « que le cerveau ne présentait aucune lésion » appréciable, soit extérieure, soit dans son paren- » chyme. »

Les mêmes experts disent : que le cœur contenait

une petite quantité de sang fluide non décomposé, et l'autopsie a été faite par eux deux jours après la mort. Vous, Monsieur, vous dites dans vos ouvrages, « que dans une multitude de circonstances, » le fluide se trouve coagulé une ou deux heures après la mort; » vous ajoutez que « presque constam- » ment il est dans cet état au bout de 15 à 18 heu- res, » et vous garantissez l'exactitude de ce fait d'anatomie.

Les experts du Glandier disent « que le pou- » mon gauche était bien plus léger que le droit, » sans qu'il y eût de *lésions* notables dans ces deux » organes. » Vous, Monsieur, vous reconnaissez que « dans le cas d'empoisonnement par l'acide arsé- » nieux, les poumons sont le siége d'une altération » marquée, qu'ils sont enflammés, rouge foncé, d'un » tissu serré, plus dense, moins crépitant que dans » l'état ordinaire; les grosses veines de la poitrine, » comme le tissu des poumons, sont pleines d'un sang » noir ou bleuâtre, etc. »

Ainsi, vous le voyez, Monsieur, les symptômes de la maladie n'offraient rien qui pût faire conclure à un empoisonnement.

Ainsi, vous le voyez, le rapport d'autopsie a des résultats à peu près nuls.

Ainsi, après trois expertises*, dont l'une est pres-

---

* On a passé sous silence le *roman* de M. Orfila sur l'arsenic normal, si bien défendu par lui devant la Cour d'assises de la Corrèze, et si bien nié peu de temps après.

Dans le procès Lafarge, M. Orfila donne la quantité pondérable d'arsenic retrouvé, et la porte à un demi-milligramme,!!! Dans l'affaire du Duc de Praslin, sur cette question importante posée par la Commission de la Chambre des Pairs, M. Orfila élude cette question délicate, en disant qu'il n'est pas *nécessaire* de déterminer le poids de l'arsenic. Mais alors comment allez-vous distinguer de l'arsenic toxique d'un arsenic accidentel dont voici quelques cas :

Arsenic qui se trouve dans un assez grand nombre de préparations antimoniales et dans d'autres préparations pharmaceutiques, et pris à l'insu d'un malade;

Arsenic pris souvent clandestinement comme agent thérapeutique et connu d'un malade;

Arsenic qui se rencontre quelquefois dans les corps comburants et dans les réactifs;

Arsenic qui se trouve dans l'antidote par le tritoxyde de fer, etc.

Comment reconnaître de l'arsenic glissé furtivement ou par cas fortuit au moment de la mort ou dans un cadavre à la suite d'une maladie *simulant* un empoisonnement par l'acide arsénieux ?

X.

que négative, et les deux autres le sont tout-à-fait, il a fallu tout votre savoir pour faire apparaître une quantité infinitésimale de poison.

Il me semble, Monsieur, que j'ai tout dit...... Maintenant que Dieu me protége et vous donne la prescience de sa vérité!!......

Je date ma lettre d'une prison..... Je souffre!... La vie est belle.... je ne voudrais pas mourir sans avoir revu le soleil!..... Cependant, je ne vous demanderais pas la vie, si avec elle vous ne deviez me rendre l'honneur......

Recevez, Monsieur, l'assurance de ma respectueuse considération.

MARIE **CAPPELLE.**

En prison, 15 août 1846.

LETTRE AUTOGRAPHE

DE BAYEN *

A M. *** , Membre correspondant de l'Académie
des Sciences de Páris.

* Dans les temps de guerre , la vie des camps ne permet pas
toujours une éducation soignée ; on sait que le Maréchal de
Saxe , que l'Académie Française voulait attirer dans son sein ,
répondit : « *Ils veule me fere de la Cademie ; sela miret come*
» *une bage a un chas.* »

Paris le 20. mars 1794.

Citoyen et ami

Veuillez me tout pardonne, oui j'ai reçu vos deux lettres elles ont l'une et l'autre
dans leur tour respectif été mises de côté dans la ferme disposition d'y répondre
mais hélas courbé chaque jour sous le faix de 15. 20. jusqu'à trente longues lettres
sullant le mémoires, il m'est impossible de ne pas manque à ce que je suis ami
amis. une lettre mise de côté avec la meilleure envie d'y répondre, est en une minute
recouverte de dix lettres d'affaires, et voilà Citoyen, comme il arrive que mes amis
ont tant à se plaindre de moi, ajoutez à tout cela que l'immense travail que nos
nombreux armées me donnent, que les inquiétudes dont toutes les pharmacies
qui sont attachées, jettent dans malgré moi dans mon âme ne me permettent pas
la moindre distraction.

Je n'ai pas entendu par le des morceaux de mine que vous m'annoncez, ah.
citoyen, de pareils bijoux mis dans une malle ne peuvent manque de tout
déchirer, ce n'est pas là leur place, je suis vraiment désolé de cette double
perte car n'en doutons pas, la colle du linge a occasionné celle de la mine
qui en effet n'aurait pas en colere en voyant ses chemises ou loquée, et qui
pourrait s'empêche de jetter par la fenêtre les échantillons d'une mine fut elle
d'or. vous croyez honnête citoyen que le membre de la convention se sera montré
plus sage et que ses chemises déchirées emmélées, ne l'auront pas empêché de me
faire remettre, les pierres autour innocentes du mal. je voudrais être de votre
avis.
Si vous n'êtes pas abatu par cet accident, veuillez citoyen, en forme une petite boite
très solide que chaque échantillon s'y tienne le mieux et au reste entour sens de
bonne ficelle, que ces échantillons soient bien comprimés dans la mousse ou de la mousse
que tout soit tellement siré que les pierres, la mousse et la boite ne fasse qu'un corps solide
et indivisible, voilà le grand point, voilà la science de l'emballeur.

Croyez citoyen et ami que je n'ai pas manqué de communiquer à ____ le
Darcet l'article de votre lettre qui le concernoit, et à la ____ fut à la verité
un peu Normande, il devoit vous écrire; il ne parloit pas clairement sur les
difficultés qui s'étoient élevées à l'académie, et la promesse de vous écrire me paroissoit
difficilement prononcée. au reste Sachez Citoyen respectable, que Darcet, que l'académie
que tous les chimistes, physiciens, naturalistes, botanistes, zoologistes, mineralogistes ou
ichthyologistes, sont tous dans un someil approchant de la lethargie et comment voulez
vous, que la chose soit autre qu'elle n'est. non cela ne se peut. quand est-ce que
Sciences et arts, se reveilleront. Je l'ignore, je suis vieux mais très vieux et à mon
age de 69. ans quelle espérance reste-t-il? ____ réelle.

Darcet est tout entier à la Monoie; vous savez qu'il a succedé à Tillet
____ Général; Berthollet y est également occupé comme membre de la commission
des Monoies. Fourcroi étoit à la tête de la Salpetrerie et des poudres
place qu'occupoit Lavoisier. mais il a préménés, a remercié au bout de
deux mois. tout est éparpillé. pour l'académie s'assemble encore
mais c'est pour dormir. Je ne vois que la Société des Naturalistes qui se tienne
éveillée. voilà ou nous en sommes. Je vous embrasse de tout mon cœur

NOTICE BIOGRAPHIQUE

SUR BAYEN;

Par CADET GASSICOURT.

BAYEN (Pierre), pharmacien, né à Châlons-sur-Marne, en 1725, manifesta de bonne heure le goût des sciences et des arts. Pendant qu'il faisait ses études, il employait tous ses jours de vacances à visiter les ateliers des fabriques ou à suivre les travaux des agriculteurs. Il pensait, avec raison, qu'on pouvait simplifier les procédés que suivent les artisans et les instruments qu'ils emploient ; et, en effet, plusieurs arts lui doivent d'utiles réformes. Il vint à Paris en 1749, et fut successivement l'élève de Charas et de Rouelle. Il travailla quelque temps dans le laboratoire de Chamousset, où il développa tant de dispositions pour la chimie, que le Gouvernement le chargea, avec Venel, d'analyser toutes les eaux minérales de France. Ce travail important fut interrompu par l'ordre qu'il reçut, en 1755, de suivre, comme pharmacien en chef, l'expédition de l'île de Minorque où il rendit de grands services. La troupe n'y trouvant ni fontaines ni rivières, buvait de l'eau saumâtre qui lui donnait des maladies : Bayen découvrit une source cachée d'eau douce, assez abondante pour abreuver toute l'armée. Le siége allait être interrompu, parce que les officiers d'artillerie manquaient de salpêtre pour préparer les mèches des bombes : Bayen apprend leur embarras, demande de la poudre à canon et en retire dans un jour assez de salpêtre pour que l'on puisse continuer le service des batteries. Après la campagne de Minorque, Bayen passa avec le même titre à l'armée d'Allemagne, pendant la guerre de sept ans. A la paix, il reprit son travail sur les eaux minérales, et publia, en 1765, l'*Analyse des eaux de Bagnères-de-Luchon*. Les recherches chimiques qu'il fit à l'occasion de cette analyse, lui découvrirent la propriété fulminante du mercure dans certaine combinaison. Il étudia soigneusement les oxides de ce métal, et fut le premier chimiste qui vérifia que les métaux, au lieu de perdre un de leurs principes dans la combustion, acquéraient au contraire un de ceux de l'air qui s'y fixe et augmente leur poids. Cette théorie avait déjà été démontrée par Jean Rey, médecin périgourdin, dont le livre, publié en 1620, était oublié : Bayen, dans une lettre à l'abbé Rozier, rendit justice à cet ancien chimiste. Il fit imprimer, en 1778, un *moyen d'analyser les serpentines, porphyres, ophites, granits, jaspes, schistes, jades et feldspaths*. Ce travail fit faire un pas sensible à la minéralogie ; il fit connaître la présence de la magnésie dans les schistes, et la possibilité de la faire servir en France à des fabriques de sel d'epsom où de sedlitz, que l'on tire de l'étranger. Un mémoire de Henckel et Margraff donna de grandes inquiétudes sur l'usage de l'étain, qu'ils regardaient comme un alliage de ce métal et d'arsenic. *

Bayen répéta leurs expériences, en fit de nouvelles, et prouva que les craintes qu'on avait conçues n'étaient pas fondées. Son ouvrage, qu'il fit en commun avec Charlard, est intitulé : *Recherches chimiques*

---

* Nous sommes forcés d'*exhumer* les restes d'un grand homme pour *démontrer* qu'il y a longtemps que la pharmacie française tient son rang en Europe. L'autographe de notre immortel Bayen sera déposé dans les archives du conseil de santé des armées.

sur l'étain, faites par ordre du Gouvernement,
Paris, 1781, in-8.°; Leonhardi le traduisit en alle-
mand, en 1784, Leipzig, in-8.° Quelque temps après,
il découvrit que l'alun a besoin du concours de l'alcali
pour cristalliser, que le fer spathique est un carbo-
nate; il analysa comparativement les différentes espè-
ces de marbres, et indiqua ceux que les architectes
ou les statuaires peuvent employer avec plus d'a-
vantages. Il fut reçu à l'Institut à l'époque de sa
formation, et mourut à Paris, en 1798, à l'âge de
73 ans. Bayen était un modèle de simplicité, de pa-
tience et de modestie; il était très-studieux, excellent
observateur et d'une rare philanthropie. On a recueilli
ses *Opuscules chimiques,* 1798, 2 vol. in-8.°, qui
renferment une partie des mémoires cités ci-dessus.
Beaucoup de notes utiles ont été perdues, parce que
Bayen avait brûlé tous ses papiers sous le gouvernement révolutionnaire.

(*Biog. univ.* des frères Michaud.)

TABLEAU DES PANABASES.

Le proto-sulfate de fer du commerce variant dans sa composition comme les panabases, nous donnons ici le tableau de ces dernières, afin qu'on se fasse une idée juste de cet oxisel dans les proportions diverses des différentes substances qu'il renferme. On conçoit qu'avec les procédés d'aujourd'hui, beaucoup plus sensibles pour l'arsenic, les panabases ne soient plus en réalité ce qu'elles étaient autrefois dans le corps en question.

N.° d'ordre.	CUIVRE GRIS, GRAUGÜLTIGERZ, WEISSGÜLTIGERZ, etc.	NOMS DES CHIMISTES.	Soufre.	Antimoine.	Arsenic.	Cuivre.	Fer.	Zinc.	Argent.	Plomb.	Mercure.	OBSERVATION.
1	Panabase de Ste-Marie aux mines.	Henri Rose.	26,83	12,46	10,19	40,60	4,66	3,69	0,60	"	"	Nous possédons quelques échantillons de la panabase de Banca (vallée de Baigorry) à la disposition d'un chimiste pour achever ce tableau : c'est une lacune à remplir.
2	— de Gersdorff.	Idem.	26,33	16,52	7,21	38,63	4,89	2,77	2,37	"	"	
3	— de Zilla.	Idem.	24,73	28,24	"	34,48	2,27	5,25	4,97	"	"	
4	— de Kapnik.	Idem.	25,77	23,94	2,88	37,98	0,86	7,29	0,62	"	"	
5	— de Dillembourg.	Idem.	25,03	25,27	2,26	38,42	1,52	6,85	0,83	"	"	
6	— de Saint-Wenzel.	Idem.	23,52	26,63	"	25,23	3,72	3,10	17,71	"	"	M. C.
7	— de Banca.											
8	Weissgültigerz de Freiberg.	Henri Rose.	21,17	24,63	"	14,81	5,98	0,99	31,29	"	"	
9	Graugültigerz de Kremnitz.	Klaproth.	11,50	34,09	"	31,36	3,25	"	14,77	"	"	
10	— d'Annaberg.	Idem.	18,50	23,00	0,75	40,25	13,50	"	0,30	"	"	
11	— de Poratsch.	Idem.	26,00	19,50	"	39,00	7,50	"	"	"	6,25	
12	— du Pérou.	Idem.	27,75	23,50	"	27,00	7,00	"	10,25	1,75	"	
13	— de Loanzo.	Napione.	12,07	36,10	4,09	29,30	12,10	"	0,70	"	"	

Nous aurions du plaisir à voir opérer M. Orfila sur la panabase inconnue, pour savoir s'il ne découvrirait pas un nouveau métal, par hasard.

LETTRE

DE M. LE DOCTEUR RIGAL,

DE GAILLAC,

Chevalier de la Légion d'honneur, Membre correspondant
de l'Académie royale de Médecine, Inspecteur des Eaux
thermales sulfureuses d'Ax (Ariège), Membre du Conseil
général du département du Tarn,

*A Monsieur Manceau, Docteur médecin, à
Chalabre (Aude).*

Foix, le 15 octobre 1847.

MON CHER CONFRÈRE,

Je réponds de Foix, et au milieu de mille embarras
divers, à votre lettre du 26 septembre. Jusqu'au der-
nier jour, j'ai été harassé de fatigue et dans l'impos-
sibilité de tracer mon itinéraire. Je ne passerai pas à
Labastide du Peyrat. On m'a consulté pour une dame
qui habite ce pays, mais dont l'affection n'exige pas
ma présence. D'ailleurs, je mis à ma course un prix

qui, tout modeste qu'il pût être, aura contrebalancé le désir de recevoir mes conseils directs.

J'aurais été bien heureux de vous voir et de devenir le dépositaire de vos secrets scientifiques, de vos généreuses aspirations vers la réparation de ce qui vous apparaît comme une erreur de la justice humaine, égarée dans sa route par de décevantes lumières..... J'aurais bien besoin de vous à Ax. Mes dernières minutes y furent consacrées à des recherches microscopiques, et j'y suis tout neuf, outre que mon instrument est imparfait. N'importe, l'étude de la *barégine* et des conferves sulfuraires m'a montré de merveilleuses choses. Elles concordent peu avec les découvertes, avec les dessins de Fontan. Vous verrez et vous jugerez en expert habile. En attendant, rentré à Gaillac, je vous enverrai copie de mes observations et d'images religieusement recueillies.

La science est une œuvre multiple. Nous devons nous compléter les uns les autres, et je compte sur votre amitié, sur votre expérience, pour débrouiller un monde digne de l'activité qui vous distingue, et de votre expérience consommée en pareille matière.

Où avez-vous pris votre microscope ?

Quel en est le prix ?

Quels sont les meilleurs traités de micrographie?

Un mot de réponse à ces questions palpitantes d'intérêt pour moi.

J'allais m'oublier à causer, et la clientelle s'impatiente. C'est une lourde chaîne que celle qui se rive à tous mes membres et enlace encore mon esprit. Plaignez un malheureux condamné aux travaux forcés de l'art de guérir! Il n'y a pour ses maux ni trêve ni merci!

Veuillez, etc.

RIGAL, D. M. P.

———

Notre excellent ami et très-habile confrère a eu les yeux fascinés par mon instrument, plutôt que par mes talents en micrographie. Je n'ai point à m'expliquer ici sur les différentes formes que peut revêtir l'*oscillatoria alba*, si commune dans le bassin Saint-Paul, aux eaux thermales sulfureuses d'Aix en Savoie, et que de Saussure a décrite le premier, et nommée ainsi par Vaucher. La forme radiée de cette oscillatoire a été trouvée par M. Fontan, dans la rivière qui coule derrière les bains du Teich d'Ax, et a été désignée par lui sous le nom de *sulfuraire* radiée. A quoi bon changer, sans nécessité, le nom d'une conferve si connue ? C'est absolument la même chose que la *myconia borraginea*, de Picot de Lapeyrouse, appelée un peu plus tard *Ramundia Pyrenaïca ;* on voit que c'est toujours la même plante. Je crois que M. de Brébisson, de Falaise, et M. Dujardin, ancien doyen de la faculté des sciences de Rennes, qui, en micrographie sont beaucoup plus compétents que moi, seront de mon avis. Ainsi vous changez le nom d'une plante, et vous appelez cela une découverte ! Une éponge qui change de forme suivant les localités, est toujours une éponge.

M. C.